伊集院静の「贈る言葉」

集英社

目次

君の胸の中に一本の木はあるか。

大人になるというのはどういうことなのだろうか？

社会人として歩くとはどういうことだろうか？

誰にでも少年、少女の時代があり、すべての子供が夢を抱いて明日を見てきたと思う。

だが今、日本という国を眺めると、新聞、テレビを見てもわかるように、政治家の発言と行動、一流企業の社会人が平気で法を犯し、リーマンショックの原因のように、他人の金をだまし取っても平然としている。学校では勉強、塾通い、その上いまわしいいじめがいたる町である。

日本人はあの大震災に遭い、大勢の人が犠牲になり、復興は半分もできていない。さらに原発の事故、西の海域では日本の領土を奪い取ろうと信じられない事件が起きている。

信じられないことが毎日起こり、どうなっているんだよ、この国は？　と考えるのが当たり前のことだ。そんな中で若い人たち、今、社会で働いている人たちが何を信じ、何を支えとして生きて行けばいいのかと迷っている。実際、そんな声が私の下に届く。

この十年余り、私は年に二度、その年に二十歳《はたち》になった人たち（新成人）と、その春、社会人一年生になった人たち（新社会人）にメッセージを新聞紙上で書いてきた。

景気のいい年もあったし、悪い年もあった。あの不幸な震災が襲った年もあった。その年々に私が考えていたことを正直に書いてきたつもりだ。

その二十三のメッセージが本書におさめられている。年によって表現、言い方はまちまちだが、伝えたかったこと、わかって欲しいことはひとつしかない。

それは、私は君たちの夢を信じている、ということだ。人はこの世に生まれてきた瞬間から何にでも、どんな人にでもなれる可能性を手にしている。このことはどんな時代でも同じだ。生きる上の普遍の可能性と言っていい。君たちの夢はかなうのだ。それを信じなくてはつまらない一生になる。あきらめた瞬間から真の幸福は遠のくものだ。

では夢を手に入れるために、どうして歩いていけば、どう生きていけばいいいか。誰だって初めはその手がかりさえわからない。

私はその手がかりを言葉にしたつもりだ。手がかりの根本にあるものは、君たちの胸の中にある。それは君にしかない確固たる気持ち（覚悟と言ってもいい）を芽ばえさせ、少しずつ成長させ、強くすることだ。それは一本の木が大きくなることに似ている。若木を倒さんばかりの強風の日もある。雨の続く日々にずぶ濡れにもなる。凍てつく寒さもあるし、地震だってある。それでも山を見れば木々は間違いなく少しずつだが成長している。人間の私たちにそれができないわけがない。

確固たる気持ちを芽ばえさせなさいと言ったが、わかり易く言うと、君は本気、本心で何かにむかって歩いたことが何度ありますか、と言いたい。

きちんとした大人になるには、ちゃんと働く人になるには、まず君の胸の中の木を発見し、見つめ、信じ、ともに歩くことだ。

この二十三のメッセージから、君の胸の中の若い木が発見できることを希望する。

同時に、このメッセージは、大人になったつもりでも、いまだに迷っている大人たちにも十分な示唆を与えてくれるはずだ。

伊集院静

伊集院静の「贈る言葉」

二十歳の君へ

主張せよ。

髪を染めてもいいし、鼻にピアスをしてもいい。男がスカートを穿いてもかまわない。ファッションが主張なら、堂々と、社会のセンターラインを歩けばいい。私はそれを好ましいと思うし、若者らしい。二十歳《はたち》、成人おめでとう。本気におめでたいと思っているのか？　成人になったことが、得か、損か？　そんなもの損に決っている。大人がどんなに不都合で、窮屈か、今はわからないだろう。私も、こんなとは思わなかったが、数年後の実感だった。成人になると、もう聞かなくて済む言葉がある。

「子供は黙っていろ」である。

だから主張せよと、私は言いたい。但し、これまでとは違って、猛攻撃を喰らうし、無視もされる。それでも主張して欲しい。やり込められ、理不尽を感じても、シュンとするな。

そんな時は、独《ひと》りで静かに、もう酒が飲める。

ともかく徒党を組むな。連《つる》むな。大人は独りであることを知れ。

独りっきりで、静かに、精神を鍛え、反撃のチャンスを待て。

酒が友になることを祈っている。

2000・1・10

君は誰ですか。

今日、一日だけでいいから、家族も、学校も、職場も、仲間も皆ないものにして、君が君に、自分はどこの何者なのかを聞いてみないか？

二十歳、成人、おめでとう。本当にそう思うかい？本音は違うだろう。大人なんかになりたくないと思う人は多いはずだ。君には、好きな人がいて、好きな音楽が、ビジュアルが、ファッションが、そして君だけが好きな時間があるだろう。そのどれもが、今の大人の世界とは違う場所にあるはずだ。その上、同世代の中でも自分だけは違うと信じているだろう。私はそれが一番大切なことだと思う。その違いを捨てることなく、持ち続けて欲しいと思う。そうしないと世の中がつまらない人であふれてしまう。君だけのものを発見し、素晴らしい世界を手に入れるには、妥協しないことだ。助言があるとすれば、世界の発見は、独りで歩くことだ。君一人の世界を知ることだ。家柄、学歴、そんなものはたいしたものじゃない。君が誰かを知ることだ。

そこが出発点だ。

連《つる》むな。逃げるな。孤独に慣れろ。

そうして君が他の人とどう違うかを見せて欲しい。

酒場で隣りの席に若者が座ると、君は誰ですか、と聞いてみたいんだ。

2001・1・8

二十歳のポケット。

二十歳の、君のポケットには何がありますか？
成人式の今日なら、「大人なんかになりたくない」と
いう正直な主張があるかもしれない。「今日から大人
と言われても……」と戸惑いが揺れているかも。「よ
くここまで生きて来られた……。うれしい」と喜びの
声が聞こえるポケットもあるかもしれない。
でも君、二十歳のポケットに、かんたんに、大人を入
れないで欲しい。いや、「大人なんかになるな」と私

は言いたい。君たちはもう二十年生きてきて、そのポケットには、夢が、希望が、好きな音楽が、ファッションが、好きな人の笑顔があるはずだ。そして悩みや、口惜しさや、ため息や、涙も、ちゃんとあるはずだ。実は、それが一番大切なものだ。それらのものを手離さずに、新しい大人になって欲しい。

テレビで戦争をドラマのように映し、隣人の不幸を他人事のように話している大人なんかになる必要はないんだ。

君は世界に一人しかいないんだ。その君の、ポケットにあるものこそが、新しい世界の可能性だ。

私のポケットにも、二十歳の時代の何かが残っている。友人とそんな話を時々する。君のポケットの声を、私たちに少し聞かせてくれないか。

2002・1・14

新しい君の手に。

二十歳の君の手には何がありますか。
成人おめでとう。君は今日、そう言われてうれしいかい?

不幸な災害に遭ったり、家庭の事情や健康のことで二十歳を迎えるまで大変だった人はうれしいだろう。だけど大半の二十歳の君たちは成人、大人と言われてもこころからうれしいとは思っていないんじゃないか。むしろ本音は大人になりたくないのだろう。

テレビには毎日戦場が映り、人が死んでいく。君が住む近くで誘拐、殺人が起き、罪のない人が拉致されている。政治家は平気で嘘をつき、法を犯しても金が儲かれば成功者と呼ばれる。金が力で、人の価値まで量れると口にする愚かな輩《やから》があふれる。こんな社会を作った大人になりたいはずがない。当たり前だ。

どうすればいいのだろう？

価値ある生き方をしている大人はいるのか。誇るべき生き方はあるのか。

私は断言する。そういう生き方をしている大人はいるし、生き方はある。今の君たちの目に見えないだけだ。その人たちも、君と同じ年頃、見えない明日を懸命に探り、一人で歩いていたんだ。

その人たちの二十歳の手の中にあったのは、ささやかなものだった。家族や友だちの励まし、いとしい人の笑顔、好きな音楽、一行の詩……、そして自由。でも

それはかぎりない可能性を抱《いだ》いていたし、やさしくて、
美しいものだった。
やさしい人よ、美しい二十歳よ。
君にシャンパンを、ささやかな乾杯を。

2005・1・10

君の目に映るもの。

二十歳、新成人おめでとう。今日から大人と言われても、日付がかわるように人が大人になるはずはない。二十歳の君の目には、今、何が見えますか。大人は、社会はどんなふうですか。戦場では今日も若者が死に、テロはくり返され、近所でおぞましい事件が続く。生きる価値を「勝ち組」「負け組」などと下品な言葉で判別し、金が儲かるなら何をしてもいいと嘯《うそぶ》く輩がいる。

金がすべてなら君たちが子供の時に読んだり、聞いたりした絵本や、詩や、音楽は世の中にはいらなくなる。これまで君の目はたしかなものを見てきたはずだ。大切な人が、場所があり、好きな言葉が、ビジュアルが、ファッションがあるだろう。どれも皆きらきらとかがやいているだろう。

二十歳の視野は無限にひろがっている。かがやくものにむかって歩き出そう。晴れの日ばかりじゃない。冷たい雨も凍てつく風もある。光が見えない時もある。
そうなんだ。本当に価値あるものは見えにくいんだ。
だから目を大きく見開こう。きっと見える。
見るための一歩は、自分が一人だと知ることだ。孤独
と向き合うことだ。そこで見えたもの、出逢えたもの
に人生の肝心はある。

2006・1・9

二十歳の青空。

二十歳、新成人おめでとう。

二十歳とは何だろう？

二十歳は青空に似ている。青く澄んでどこまでも飛翔できる可能性を持った空だ。誰にも空はあるが、二十歳の空は君だけのものだ。空のキャンバスにどんな絵を描くかは君しだいだ。

空を見上げてみたまえ。同じ空の下で、今日も戦場で若者が死に、テロは続いている。いじめで後輩が生命を断っている。すぐそばで悲惨な事件がくり返される。金で何でも手に入ると信じている輩がいる。おかしいと思わないか。哀しみと歩くために私たちは生まれてきたのではないはずだ。どうして人をいじめたり、平気で苦しめたりする者がいるのか。それはボクたちの身体の中に何ものにもかえられない素晴らしいものがあるのを忘れているからだ。

子供の時に読んだ本、聞いた詩、口ずさんだ音楽でやさしい気持ちになり、生きてることが素晴らしいと信じられた時間が詰まっているんだ。その気持ちを捨ててはいけない。人間が生きる姿勢はそこから生まれるんだから。

二十歳の空はどこにでも飛んでいける。信じるものにむかって飛び出そう。空は快晴だけじゃない。こころまで濡らす雨の日も、うつむき歩く風の日も、雪の日だってある。実はそのつらく苦しい日々が君を強くするんだ。
苦境から逃げるな。自分とむき合え。強い精神を培え。
そこに人間の真価はある。
今日から酒が飲める年齢だ。苦い酒を覚えろ。酒のマナーは品性だ。
でも一人じゃないぞ。
空には星もあるのだから。

2007・1・8

平然と生きる人であれ。

新成人おめでとう。

君は今日、どこで、何をしながら、成人の日を迎えただろうか。祝福される人もいれば、一人でいる人もいるだろう。成人を祝うなんて古い習慣と思うかもしれないが、そうじゃない。世の中には二十歳を迎えられなかった若者が大勢いる。ほとんどの人は無事に生涯を送ることができない。それが私たちの生だ。

生きていることがどんなに素晴らしいか、若い時にはわからない。私も当たり前に思っていた。だが君はいつか生きている意味を思い知る日がくる。ただその意味を知るために私たちは生きているんじゃない。もっと大切なことがある。

それは、人間は己以外の、誰かの、何かのために懸命に、生き抜くことだ。

「人のためだけに？　そんなの変だよ……」

変じゃないんだ。今、日本の大人たちがなすすべての醜《みにく》さは、それができないからだ。そうすれば君に見えてくる。世の中が、人間の生が、いかに哀しみであふれていることかが……。

それらの哀しみを平然と受けとめ、どんな時にも、君は、そこに、凜《りん》として立っている人であって欲しい。

そのためには心身を鍛錬《たんれん》しておくことだ。頭ばかりが動いてはダメだ。

ひとつしかないこころと身体を強くするのだ。

こころと身体で汗をかけ。
その汗は、今日から飲める一杯を格別に美味しくする
ぞ。

2008・1・14

世界を見よう。
真実を知ろう。

新成人おめでとう。

君は今日どこで二十歳の日を迎えただろうか。社会は君を今日から大人と呼ぶ。しかし君が知るとおり、今、日本も、世界も歴史にない不況に直面している。その原因はこころない大人が金を得ることを人生のすべてと考えたからだ。

金があれば何でも手に入ると卑しいこころを抱いたのだ。自分だけが裕福ならいいとしたのだ。その大人たちの大半は先進国で最高の学問を修得した人たちだ。なぜこんなことが起きたのか。それは人が生きる上で何が一番大切かを学ばなかったからだ。若い時に裕福に目が向き貧困を見なかったのだ。

日本は大国なんかじゃない。ちいさな国の、君はちいさな存在だ。しかし君の未来は、時間は、可能性は限りなく大きい。世界を見よう。真実を知ろう。君と同じように他人のことを自分のことと考えられる大勢の若者がいる。自分だけが、日本だけがよければではいけないことを学ぼう。
さあ外へ出よう。世界を見よう。真実を知ろう。
歩き疲れたら一杯のウイスキーでこころを休めて、また歩き出そう。

2009・1・12

パパとおやじから。

新成人おめでとう。

今日から君たちは大人の仲間入りだ。

でも大人って二十歳になれば誰でもなってしまうものだろうか。それはやはりおかしいと私は思う。しかし無事に二十年生きてきて、今日の空を見ているだけで素晴らしいことだ。さまざまな二十歳があって世の中だ。

パパは娘に静かに言った。

「大人の自分を大切に生きて欲しい。パパがママに出逢った日のように、まぶしくて、綺麗な日本語を話す女性になってくれよ」

オヤジはセガレに言って聞かせた。

「自分のことだけで精一杯の大人になるんじゃないぞ。いい友だちを作り、信じられるものを見つけるんだ」

まぶしい自分になることも、美しい日本語が話せるようになるまでも、良き友を得ることも、信念を発見することも、一年、二年じゃできやしない。いいものは時間がかかる。

見てくれで人を判断するな。金で価値判断をするな。すぐに手に入るものは砂のようにこぼれる。本物を手にするのは苦しいぞ。

パパと娘は、オヤジとセガレは、この日、初めて乾杯をした。この日を待っていたんだ。なんだか美味いな。

「酒は品良く飲みなさい。人も、酒も品格だ」

二十歳の君たちに乾杯。

2010・1・11

風の中に立ちなさい。

大人って何だ？　大人とは、一人できちんと歩き、自分と、自分以外の人にちゃんと目をむけ、いつでも他人に手を差しのべられる力と愛情を持つ人だ。簡単に言ったが、そういう人間になるのは大変だぞ。君が大人になるためにひとつ助言をしておこう。ホモサピエンスは世界を一人で歩くこと、見ることですべてを学んできた。これは千年先もかわらぬ大人への授業だ。

まずはケータイを置きなさい。インターネットを閉じなさい。テレビを消しなさい。パスポートを取得して、一番安い乗り物ですぐに日本を発ちなさい。

目的地は？　どこだっていい。

この国以外の、風の中に立ちなさい。

世界を自分の目で見ることからはじめなさい。そこには君がインターネットやテレビで見たものとまったく違う世界がある。目で見たすべてをどんどん身体の中に入れなさい。そこに生きる人々が何を食べ、何を見つめ、何を喜び、何のために汗をかき、なぜ泣いているのかを見なさい。ともに食べ、ともに笑い泣きなさい。それだけで十分だ。でもラクな日々ではないぞ。苦しい中にこそ本物はあるんだ。

やがて帰る日が来た時、君は半分、大人になっている。その時こそ、本当の大人への祝杯を挙げよう。

2011・1・10

孤独を学べ。

大人って何だろう？　歳を取れば誰だって大人になる？　そんなはずはないに決ってる。こうすれば大人になれると書いてある本はどこにもない。

それでも世間には素晴らしい大人とそうでない人がいる。

なぜだろうか。たぶん生き方なんだろう。

大人になるために何からはじめるか。私はこう思う。

自分は何のために生まれてきたか。自分はどんな人になりたいか。それを考えることだ。考えること、その答えを探すことには不可欠なものがひとつある。それは一人で考え、一人で歩き、一人で悩むことだ。孤独を学べ。孤独を知ることは、他人を知ることだ。人間はお金のために生きているのではない。人生は出世したり贅沢をするのが目的ではない。生きる真理を見つけることだ。社会の真実を見る人になることだ。そうして何より明るくて、潑剌《はつらつ》とした人になろうじゃないか。
明るい人って、見ていて気持ちがいいじゃないか。
今日一日、人生を考えたら、君と乾杯をしようじゃないか。
酒は喜びと哀しみの友だ。

2012・1・9

働く君へ

空っぽのグラス諸君。

新社会人おめでとう。今日、君はどんな服装をして、どんな職場へ行ったのだろうか。たとえどんな仕事に就《つ》いても、君が汗を掻いてくれることを希望する。冷や汗だってかまわない。君は今、空っぽのグラスと同じなんだ。空の器と言ってもいい。どの器も今は大きさが一緒なのだ。学業優秀などというのは高《たか》が知れている。誰だってすぐに覚えられるほど社会の、世の中の、仕事というものは簡単じゃない。要領など覚えなくていい。小器用にこなそうとしなくていい。それよりもっと、肝心なことがある。

それは仕事の心棒《しんぼう》に触れることだ。たとえどんな仕事であれ、その仕事が存在する理由がある。資本主義というが、金を儲けることがすべてのものは、仕事なんかじゃない。

仕事の心棒は、自分以外の誰かのためにあると、私は思う。その心棒に触れ、熱を感じることが大切だ。仕事の汗は、その情熱が出させる。心棒に、肝心に触れるには、いつもベストをつくして、自分が空っぽになってむかうことだ。

それでも諸君、愚痴も出るし、斜めにもなりたくなる。でもそれは口にするな。そんな夕暮れは空っぽのグラスに、語らいの酒を注げばいい。そこで嫌なことを皆吐き出し、また明日、空っぽにして出かければいい。案外と酒は話を聞いてくれるものだ。

2000・4・2

抵抗せよ。
すぐに役立つ人になるな。

新社会人おめでとう。君は今日、どんな仕事に就いただろうか。職場はどんな街にあるのだろうか。そこから君のすべてがはじまるから、目を大きく開いて、君の居る場所と仕事を見ることを、私はすすめる。何が見える？　ここはちょっとおかしい、とか、これは間違ってるんじゃないかというものが見えるだろう。その時、これが社会か、これが仕事というものかと結論を出さないことだ。君の見間違いなら先輩が教えてくれる。そうでなければ抵抗することだ。主張することだ。この時世、社長も、上司も、親方も、若い君たちの意見と、発想を待っている。どんな工房だって、商店だって、工場だって、会社だって、歴史から見れば、昨日誕生したようなものだ。それも君のように若い人たちが作ったのだ。

抵抗しろ。改革しろ。妥協するな。役立たずと蔭口を言われても気にするな。すぐに役立つ人間はすぐに役立たなくなる。

仕事の真価はすぐの周辺にはないのだ。君には新しい力がある。抵抗は辛いぞ。孤立するぞ。そんな時は仕事が終った夕暮れ、街を見回してみればいい。君のような社会人を待っている店灯りはいくつもある。価値ある仕事は街の人のためでもあるのだから。一杯のグラスは君の抵抗にうなずいてくれる。

最後にもう一言、すぐに酔う酒は覚えるな。

2001・4・3

熱い人になれ。

新社会人おめでとう。今春、君はどんな職場に立ったのだろうか。そこがどんな職場であれ、君は、元気に、堂々と、そこに立って欲しい。だって元気以外に、君が今できることは他にないんだ。

学業が良くなかったって？　そんなことはたいしたことじゃない。エリートだけが動かす社会が、いかに非人間的で、愚かなものか皆わかりはじめたんだ。社会は生存競争の場所じゃないんだ。学校とも、試験とも違う。百の仕事には、百の答えがあるんだ。何かがすぐできるほど社会の仕事は簡単じゃないんだ。これから先、十年、二十年……かかって、仕事の真の価値は何か？　を発見して行くんだ。私は、どんな仕事にも、大小にかかわらず、心棒があると思っている。その心棒で動く歯車が誰かをゆたかにするために回っているんだ。自分だけのためでなく、汗を、気力をしぼるから、本物の仕事は、美しいんだ。心棒を動かすには、エネルギーがいる。エネルギーの根源は、働く人、一人一人の胸にある情熱だ。どんなものに対しても、いつも熱い人が仕事の肝心を掴めるんだ。

君、熱い人であれ。叱られても、怒鳴られても、吐息を零《おと》されても、そんなもの撥ね返し、心棒を回す人になって欲しい。

元気すぎるようなら、夕暮れ、酒場のカウンターで、熱いこころに少し氷を入れて、グラスを挙《あ》げればいい。

2002・4・1

誇り高き0《ゼロ》であれ。

新社会人おめでとう。

この春、君はどんな職場に立っているだろうか。どんな職場であれ、そこが君の出発点だ。君の本当の人生がそこからはじまるんだ。学業優秀ではなかった？

エリートなんて高が知れている。

先輩たちはそんなもの期待なんかしちゃいない。出発の君は、0《ゼロ》だ。0はイイ。これから何だってできるし、何にだってなれる可能性の0だ。無限大にむかう0

だ。皆、0からはじめたんだ。すぐに1に、2になる必要はない。本物の仕事は、そんな簡単なものじゃない。すぐに役立つものはすぐに役に立たなくなる。真の仕事には、強く、ゆるぎない心棒がある。その心棒は君が生まれてこのかた触れたことがない、熱い温度を持っている。そのぬくもりを、熱さを、こしらえているのは人間だ。世界を、国を、社会を前に進めてきたのは、その情熱だ。情熱の源は何だろう？

私は、誇りだと思う。人間の誇りが苦しい時も辛い時も、心棒を握りしめ車輪を押し続けたのだ。君は仕事に誇りを持てるか？ それをしっかり見つめることだ。まずそこからはじめよう。誇り高き0でいて欲しい。0は時折、せつないが。そんな時は一杯のグラスにウイスキーを注いで飲み干そう。

2004・4・1

生きる力をくれたまえ。

新社会人おめでとう。

この春、君はどんな仕事に就いただろうか。どんな職場であれ、そこが君の出発点だ。社会を知るはじまりであり、なにより仕事とは何か、働くとは何かを発見する場所だ。

仕事とは何だろうか。今すぐ君にわかるはずはないが、仕事とは、人が生きる力だ、と私は思う。人が生きている実感を得るものだ、と言ってもいい。

いろんな人の生きる力が集まっているのが職場であり、会社であり、社会なのだ。仕事＝《イコール》生きる力なら、君がどんな仕事をなせるかは、君がこれからどんなふうに生きていくかにかかっている。人を押し倒して生きていけるか。弱者に手を差しのべずとも平気か。私たちがそうしないのは、誰の生にも尊厳があり、誇りを持っていたいからだ。同じようにどんな仕事にも尊厳があり、誇りがある。

己だけよければいい、富が、金が力の発想は下衆《げす》で、卑しいのだ。本物の仕事は、生きる力は、己以外の誰かのために存在している。本物の仕事に出逢うには、君の力を惜しまないことだ。全力でぶつかることだ。君の生きる力をくれたまえ。出発点に立った君に真新しいリボンのついたシャンパンで祝おう。いつか君が生きている実感を得る、その日のために。

2005・4・1

人がまずあるのだ。

新社会人おめでとう。

今春、君はどんな仕事に就いただろうか。

どんな職場であれ、君の新たな人生がそこからはじまる。

仕事をする場所とは何だろう?

会社であれ、工場であれ、仕事ができる場所は素晴らしい空間なんだ。どうして素晴らしいか? そこで何かが生まれ、何かが作られるからだ。仕事とは、何かを生み、作り上げ、それが人々をゆたかにするものだ。
だから仕事には慈愛があり、尊厳があるのだ。
それ以外を仕事とは言わない。
社会が先にあったのではなく、人がまず何かを作りはじめたのだ。
権力や、金を得るために仕事があるのではない。
人がまずあるのだ。
仕事は君の生き方だ。会社は君の生きる家なんだ。品性のある仕事は、君に品格のある生き方を教えてくれるだろう。

こう話してもすぐにはわからないだろう。コツを教えよう。恋愛指南のようだが、君が恋人を好きなように仕事を好きになりなさい。君が最愛の人を愛するように職場を愛することだ。そうすれば君は将来、人生で何よりも価値のある、誇りと品格を手にできる。

とてもできそうにないって？　それが大人の日々とい

うものさ。

そんな時は一杯のシングルモルトウイスキーに聞いてみればいい。

「私は大丈夫でしょうか」

「大丈夫ですって、乾杯」

2006・4・3

豊かな森を作ろう。

新社会人おめでとう。
今春、君はどんな仕事に就いただろうか。
どんな仕事であれ、そこから君の新たな人生の第一歩
がはじまる。
今の君は、一本の若い樹だ。幹も細く、遠くを見渡せ
る丈もない。強風に、激しい雨に倒れてしまう不安も
あるだろう。でも君は倒れない。どんな風にも雨にも
立ち向かうだろう。なぜなら君の中にはあふれる生命

力と希望を抱いた根があり、君を支えているからだ。最初は皆同じ若い樹だったんだ。根っ子からいろんなものを吸収し、カンカン照りに、凍《こご》える寒さに耐え、青空にむかって伸びてきた。

会社は、職場は、そんな樹たちが集まった森なんだ。皆で素晴らしい森を作ろうじゃないか。

森は新しい力を、君という樹を待っている。同じかたちの樹はいらない。個性ある君だけの樹が欲しいんだ。

いろんな樹が集まった森はずっと生き続ける。森が恵みを与えるように、会社は人々をゆたかにするものだ。そんな会社がこれからの時代を作る。生命力が、エネルギーが仕事を発見する。希望が仕事に誇りを与える。いつか君が成長し、逞《たくま》しい幹と、しなやかな枝と、まぶしい葉をたわませた見事なかたちの樹になってくれると期待している。そうなれば私たちの森は、会社は、今よりもっと美しいものになるはずだ。

大切なのは土の中に、胸の中にある根だ、精神だ。誇りと品格だ。自分を、人を、社会をゆたかにしたいと願う精神だ。

少し疲れたなら、星灯りの下、木蔭にたたずんで休めばいい。

星を映したグラスにシングルモルトウイスキーを注ごう。

美しい森になる日を夢見ながら。

2007・4・2

仕事の喜びとは何か？

新社会人おめでとう。

君は今春、どんな職場でどんな仕事に就いただろうか。

そこが君の出発点だ。君を迎えた人たちは皆、こころから祝福している。どうして皆がおめでとうと言うのだろうか。

世の中にはさまざまな事情で働けない人たちが大勢いる。その人たちの夢を私は聞いたことがある。「どんな仕事でもいいから働きたい。働いて一人前の人として生きたい」。皆知っているんだ。仕事をする、働くことがどんなに素晴らしいかということを。仕事とはきびしいものか？　それはきびしいに決っている。仕事はつらいか？　勿論、つらい時もある。耐えなくてはいけない時があるか？　ある、ある。でもそんなものは仕事の一部分でしかない。仕事には私たちを辛苦に耐えさせる何かがある。

働くことで人は今の社会を作ってきた。そうでなければとうに人類は地球から消えている。すべての人の生に尊厳があるように、どんな仕事にも尊厳がある。生きる喜びがあるように、仕事にも喜びがあることを、君はいつか知るだろう。

仕事の喜びとは何か？　結果を称《たた》えられることか。金を得ることか？　そんなちっぽけなもんじゃない。それは仕事をしていて、自分以外の誰かの役に立っていることがわかることだ。それこそが仕事の真の価値なのだ。

初仕事をはじめる前に守って欲しいことがある。それは今まで君が生きてきて大切にしていたものを捨てないことだ。

ファッションでも、音楽でも、恋愛だっていいんだ。大切にしているものには、そこに個性がある。個性は君そのものであり、創造の原動力だ。皆が同じカラーで仕事をする時代は終わったんだ。

いつか個性が役立つ時がくる。いつか喜びを知る時がくる。目指す頂《いただき》は高いぞ。その時のために身体をこころを鍛えておこう。

2008・4・1

その仕事は
ともに生きるためにあるか。

新社会人おめでとう。

君は今春、どんな仕事に就いただろうか。どんな仕事、職場であれ、そこが君の出発点だ。

今、世界は経験したことのない不況にある。金を儲けるだけが、自分だけが富を得ようとする仕事が愚かなことだと知っていたはずなのに、暴走した。

なぜ止められなかったのか。それは仕事の真の価値を見失っていたからだ。人を騙す。弱い立場の人を見捨てる。自分だけよければいい。それらは人間の生き方ではないと同時に仕事をなす上でもあってはならないことだ。

仕事は人が生きる証しだ、と私は考える。働くことは生きることであり、働く中には喜び、哀しみ、生きている実感がたしかにある。

だから出発の今、真の仕事、生き方とは何かを問おう。その仕事は卑しくないか。

その仕事は利己のみにならないか。

その仕事はより多くの人をゆたかにできるか。

その仕事はともに生きるためにあるか。

今何より大切なのはともに生きるスピリットではなかろうか。一人でできることには限界がある。誰かとともになら困難なものに立ちむかい克服できるはずだ。

会社とは、職場とはともに働き、生きる家である。仕事は長く厳しいが、いつか誇りと品格を得る時が必ずくる。
笑ってうなずく時のために、新社会人の今夜はともに祝おう。

2009・4・1

千載一遇。
汗をかこう。
誇りと品格を持て。

新社会人おめでとう。

この言葉を私は十年、フレッシュマンたちに贈ってきた。

だが今年は少し趣《おもむ》きをかえる。

何十年に一度の不況の時に君は出発する。これを不運と思うか？　違う。チャンスだ。今この時こそが〝千載一遇《せんざいいちぐう》〟の時だ。（辞書を引きなさい）

今、日本も、世界もさまざまなものが変わろうとしている。

政治のあり方も、経済のとらえ方も、企業の理念さえ揺らいでいる。あらゆるものが見直されている。自分たちだけが富や幸福を得ればいいという考えでは世界は閉塞するのがわかった。エリートや、特権を持つ人々のやり方は通用しなくなった。では何もかもが変わるのか？　違う。世の中がそう易々と変わるものか。

道に迷ったら元の場所に帰るのだ。初心にかえろう。

基本にたちかえろう。皆がしてきたことをやるのだ。

〝汗をかこう〟。懸命に働くのだ。

これを君たち若者がダサイと思うなら、君たちは間違っている。真の仕事というものは懸命に働くことで、自分以外の誰かがゆたかになることだ。汗した手は幸福を運んでいるのだ。だから仕事は尊いものなのだ。

仕事は君が生きている証しだ。

ならば働く上で、生きる上で大切なものは何か。

姿勢である。どんな？

それは揺るぎない〝誇りと品格を持つ〟ことだ。

これを実行しようとすれば、それは夕刻には疲れも出るだろう。そんな夕暮れは、喉に爽風とおるがごときハイボールの一杯で元気をとりもどそう。

2010・4・1

ハガネのように花のように。

新社会人おめでとう。

君が今立っている職場が、君の出発点だ。

さまざまなことが起きている春だ。

働くとは何か。生きるとは何か。日本人皆が考え直す機会かもしれない。世界中が、これからの日本に注目している。彼等が見つめているのは日本人ひとりひとりの行動だ。日本人の真価だ。国家は民なのだ。ひとりひとりの力が日本なのだ。

力を合わせて進む。しかし力を合わせるだけではダメだ。一人の力を最大限に出し、強いものにしなくてはいけない。

新しい人よ。今は力不足でもいい。しかし今日から自分を鍛えることをせよ。それが新しい社会人の使命だ。それが新しい力となり、二十一世紀の奇跡を作るだろう。ハガネのような強い精神と、咲く花のようにやさしいこころを持て。苦しい時に流した汗は必ず生涯のタカラとなる。ひとつひとつのハガネと、一本一本の花は、美しくて強い日本を作るだろう。美しくて強い日本人、職場を作ろう。その時こそ笑って乾杯しよう。

2011・4・1

落ちるリンゴを待つな。

新社会人おめでとう。

君は今どんな職場で出発の日を迎えただろうか。それがどんな仕事であれ、そこは君の人生の出発点になる。

仕事とは何だろうか。君が生きている証しが仕事だと私は思う。

大変なことがあった東北の地にも、今、リンゴの白い花が咲こうとしている。皆、新しい出発に歩もうとしている。

君はリンゴの実がなる木を見たことがあるか。リンゴ園の老人が言うには、一番リンゴらしい時に木から取ってやるのが、大切なことだ。落ちてからではリンゴではなくなるそうだ。

それは仕事にも置きかえられる。

落ちるリンゴを待っていてはダメだ。

木に登ってリンゴを取りに行こう。

そうして一番美味しいリンゴを皆に食べてもらおう

じゃないか。
一、二度、木から落ちてもなんてことはない。
リンゴの花のあの白の美しさも果汁のあふれる美味しさも厳しい冬があったからできたのだ。

風に向かえ。苦節に耐えろ。

常に何かに挑む姿勢が、今、この国で大切なことだ。

2012・4・2

初出

2000年〜2012年、1月(成人の日)と4月(新社会人の入社の日)にサントリー新聞広告に掲載されました。

※2003年1月・4月、2004年1月の掲載はありません。
単行本化にあたり、加筆、修正をしました。

写真　宮澤正明

画　長友啓典

装丁　長友啓典　脇野直人(K2)

編集協力　濱田泰　矢原玲子(株式会社コア)
藤本健太郎(大村印刷株式会社)

伊集院静(いじゅういん・しずか)●1950年山口県生まれ。立教大学文学部卒業。CMディレクターなどを経て、81年『皐月』で作家デビュー。91年『乳房』で吉川英治文学新人賞、92年『受け月』で直木賞、94年『機関車先生』で柴田錬三郎賞、02年『ごろごろ』で吉川英治文学賞受賞。近著に『いねむり先生』『星月夜』『大人の流儀』『続 大人の流儀』など。

伊集院《いじゅういん》静《しずか》の「贈《おく》る言葉《ことば》」

2012年10月30日　第1刷発行
2013年3月26日　第2刷発行

著者　伊集院《いじゅういん》静《しずか》
企画プロデュース　大村俊雄
発行者　加藤　潤
発行所　株式会社集英社
東京都千代田区一ツ橋2-5-10　〒101-8050
電話　03-3230-6100（編集部）
03-3230-6393（販売部）
03-3230-6080（読者係）
印刷所　大村印刷株式会社
製本所　加藤製本株式会社

 ISBN978-4-08-771488-3 C0095
定価はカバーに表示してあります。